城市与乡村的寓言

ChengShiYuXiangCunDeYuYan

刘晓平 著

中国书籍出版社
China Book Press

图书在版编目(CIP)数据

城市与乡村的寓言 / 刘晓平著. —— 北京：中国书籍出版社, 2021.9

ISBN 978-7-5068-8513-3

Ⅰ.①城…　Ⅱ.①刘…　Ⅲ.①诗集–中国–当代　Ⅳ.①I227

中国版本图书馆 CIP 数据核字(2021)第 205818 号

城市与乡村的寓言

刘晓平　著

责任编辑	成晓春
责任印制	孙马飞　马　芝
出版发行	中国书籍出版社
地　　址	北京市丰台区三路居路 97 号(邮编：100073)
电　　话	(010)52257143(总编室)　(010)52257140(发行部)
电子邮箱	eo@chinabp.com.cn
经　　销	全国新华书店
印　　刷	成都兴怡包装装潢有限公司
开　　本	880 毫米×1230 毫米　1/32
字　　数	100 千字
印　　张	4.25
版　　次	2021 年 10 月第 1 版
印　　次	2021 年 10 月第 1 次印刷
书　　号	ISBN 978-7-5068-8513-3
定　　价	48.00 元

城市与乡村的寓言
（代序）

韩作荣

　　我对刘晓平的诗文作品，比一般的读者要熟稔一些，领会得更为深透一些，因为我做过他在鲁院高研班的指导老师。在那些日子里，我更切近地感受到，自他笔下汩汩流出的一腔挚爱情深；在彼此的交往中，他对诗歌的理解使我更了解他的为人。我翻读过他陆续出版的《爱的岁月》《爱的小屋》《张家界情话》《秋日诗语》等十几部诗文集。读他的作品与见到本人，二者之间是不能画等号的，他的诗文作品充满灵气，而他的为人却老实憨厚，甚至有点言语木讷。

　　初见晓平，他似乎不是那种高谈阔论、能言善辩的人。但时间久了，你就会发现其语言的力量，他一是一、二是二，说话算数。他的诗文也是如此，决不出语惊人，总保持着一种朴实自然的本色，但其中蕴含的哲理足以让人有所回味和思辨，这也是他诗文作品的一个最大特点。他的作品总是在不经意之间就把你带入一个哲理的世界，你能看到那些思想的闪光，犹如灿烂的星河，为我们照亮并打开了一个新的情感空间。他的作品，我印象最深的是他交我指教的那一组诗《世间万相》，我写了诗评《城市与乡村》寓言。他的这组诗作，直观且注重灵性，以简单而朴质的言说方式予以表达，给诗以寓意。我在与他交流讨论时他说：口语式表达方式是我的一种追求，现代诗歌应以现代生活题材为主要内容，现代读者（含所有老百姓）应该都能读能懂，但留给他们的诗作，必须是有思想、有寓意、有境界、有回味的作品，这才是现代诗歌！现代诗歌不应该留给下一代去让人读懂，下一代有下一代的诗人，这一代人不能多呷多占。探索是另一层意义的事，但要有意于发展现代诗歌！

直观朴质的表达、简单直白的言语方式，在晓平的诗或散文作品中，都可以看到其影子，从他出版的散文集《张家界情话》的作品中也表现出来。他的文章清丽简洁，情感真挚细腻，许多篇章都给人以哲理的启迪和思想的内涵。你听他说关于爱情的话题："只有领略到了爱情的平凡和纯真后，你才会去作一生的守望，守望的绝不会是一座围城；你才会去作一生的追求，追求的绝不会是一种失去了自己的爱。真正的爱，我们可以看成是圣洁的投入和牺牲，她像天使般飞过我们的天空，我们看到的是自己人性的最光辉的一页。"你听他说以"鸡腿和鲜花"对待爱情，对待爱人的妙论；你听他说"比爱情少一点"的"第四种感情"的妙见；你听他说"人活着需要有生命升华的翅膀和生存的顽强意志"的阐释；你听他说"我是太阳下一条淌过大地的生命河"的自白；你听他站在张家界长风景的石头上如梦如幻诉说关于一个农夫的故事……他将个人对爱情等种种情感的切身体会和思维体验，转化为一种独特的思想存在方式渗透在字里行间，以最朴实无华、自然清新的语言表达出来。这样的表达本身就交织着感性与理性碰撞的光芒，就像一种思考的声音在敲打心灵之门。这种声音是那样独特而亲近，那样沉静而温馨，犹如涓涓细流，在爱情的河流里缓缓流动，在思想的平原上缓缓流淌；无不让人感受到这位多情的作家深怀一颗宁静、沉凝、优雅而又略微忧郁的复杂而丰富的内心，无不使我感受到爱情的力量和滋润。他那饱蘸浓情挚爱的笔触和隽永耐读的品位，不仅给读者留下了情绪的感染，唤起读者的共鸣，更可以促使读者对许多问题作更深层次的思考，从而为我们留下了对爱情、对人生、对生命的思索与感悟。反观他的诗歌作品，又何尝不是如此?!

在当前诗界浮躁气氛很浓而又日逐边缘化的背景下，晓平独守宁静，笔耕不辍，"为爱消得人憔悴"。他对人生的信念，对爱情的信念，对诗文的坚守，多么难能可贵，实在使人感动。每每捧读他的诗文，就如同在"微波如语的小溪"，倾听一位挚爱深情、款款诉说他那片天地，关于爱情、关于人生、关于风景美丽动人的故事，那是一种许多人无法企及的精神享受。

（作者韩作荣，系著名诗人、原《人民文学》主编，原中国诗歌学会会长。该文曾发表于《文学报》的《名家推荐》专栏，为怀念与纪念韩老师，特以此文为《城市与乡村的寓言》代序）

目录
CONTENTS

草树

草树　一看到你
我就想起　我
儿时的草树　那时
夜晚没有电视和电脑
乡村的草树间　便是
伙伴们捉迷藏的天堂
亲亲的小妹呀
你要找的那个人
如今是否找到……
今天看到你　草树
你完全变了模样
沉默着　你
就像一位哲人——
献了谷子　再献
身子　稻草等着
主人的最后安排……

秋歌

阳光在秋风指使下

急匆匆从田野上走了一遍　又

一遍　果实都收获了

麻雀在田野里

齐唱着秋歌

新播的种子　在

泥土的温暖中　唱

着秋歌的和声　又

开始了梦的旅程……

稻草人却还站立着

司守着它的职责

不知哪来的鸽群

带着呼啸的鸽哨

掠过秋收后的田野

村里的孩子

紧追不舍——

这是什么鸟

飞翔着　还带着

这么好听的旋律……

舞者

乡村舞者

都是生态的食粮

滋养的　他们没有酬金的

要求　外人来了即是客

舞之蹈之　展示着

田野的风采　也

愉悦了远方的来客

他们用自信的精神

喂养了远方的客人

歌者

寂寞了　歌之
高兴了　歌之
丰收了　歌之
歉收了　也要歌之
以歌庆喜亦以歌祈福

客来了　歌之
客去了　歌之
有了喜事　歌之
有了丧事　也要歌之
以歌庆喜也以歌致哀

乡村的歌者
歌即是食粮
歌即是生活
他们是精神喂养的乐者

星光

昨夜的石堰坪

歌声起伏

蓝蓝的天空中　星星

闪亮了一整晚　而

相约和我数星星的人

却没有来　我

等了一夜　直到

凌晨才迎来惺忪的曙光

捂着剥开内心的冲动

寻找昨夜歌声里

那些欢快的旋律……

老人

在王家坪的乡村舞场
我看到了栅栏后欢笑的老人
老人有点举步维艰
他欢笑着点头的节拍
随着舞者旋律的节拍点赞
舞场曲尽人散了
老人却意犹未尽
一个人来到舞场中央
对着空山踏着节拍
有人说老人曾是乡村舞者
他的梦在田野也在舞场
人虽然老了梦却依旧
心从没离开过舞场……

荷塘

石堰坪村广场上
有一排绿树站立着
旁边有一片荷塘　夏天
荷花开成了笑脸
树上翠鸟有着诱人歌喉
云朵舞动着乡村神韵
荷塘倒映着游人倩影

今夜　乡亲们上演了精彩的戏曲
场上场下的笑容传递着欢欣
只有我置身于空山的孤寂
寻找一只鸟儿飞翔的方向
老想着荷塘那头鱼儿
与我讲述它的来路与去路……

番薯

在深深的泥土里扎根
在漆黑的土地下叹息
听惯了虫蚋鸣唱
习惯了藤状缠绕
我兄弟般的番薯呵
在这个久旱无雨的日子
我们只能握紧拳头
挤在土地的炕头等待……

垄上

秋天里我们行走在垄上

两只蝴蝶随蜻蜓远去

蜜蜂是阳光下的机群

总是不停地出发

冬瓜和南瓜，玉米和高粱

都把阳光煮熟

一齐讲述着一路风雨和阳光

收获了的田野静下来

父亲漫不经心地站在垄上

思考着秋种和来年

母亲赶集归来

带回了集市的惊喜

遗忘的稻田

那些散乱不堪的稻谷
越来越少的稻谷
需要另一些生命的手
紧紧地搂住
那些生长稻谷的土地已越来越少
人是很容易忘记伤痛的
昨天的灾荒和饥饿渐渐远去
假如再重复一次
才会记得　人
是离不开稻田的

拉车的马

一匹拉车的马
有一天跑进了赛马场
它望着那些你追我赶的马说——
跑那么快有什么用　又不拉丁点东西

这话被其中的一匹赛马听见了
它笑了笑　走近拉车的马说——
你老兄不知道吧　拉得再多也没有用
跑得快才是我们的价值

四季（一）

春天

冬天到了春天还会远吗

元宵的喜气还没散尽

枝头便冒出诗一样的新芽

乡村没有音乐会

电视里奏响着贝多芬的交响曲

在时空中盘旋　在心灵上行走

掷地的节奏是岁月最美最有韵的诗意

春天说来就来

小草说绿就绿

小鸟唧啾　乳燕呢喃

把山村惺忪的日子

叫得好暖好暖

女人们把家交给锁

踏着暖暖的阳光步入田间

撒一把绿油油的情感

酿一茬水灵灵的期盼
她们花枝招展的身影
便是男人眼中最美的花

夏天

春天的纤纤酥手扬起便是告别
小河弹奏的琴弦响起便叫思念
柳岸眉眼般的叶子早已布满春的吻痕
一场接一场的暴雨怎么也洗刷不掉
闷热的天气让床前的月光无法入睡
窗前望月的人心中充满唐诗的意境
淋雨的树一声不响
屋檐下躲雨的孩子却张扬着惊恐
不知是哪一只手
将夏这一页悄悄翻过去
走进岁月的深处寻找诗意
吊脚楼木格格窗里

童稚的歌声唱响了水磨房里的童谣

秋天

秋天和夏天就隔一张纸
一场雨后的下午
树叶便开始思念故乡
等待着诗意飘飞季节的来临
昨日的高烧在一夜间消退
浮生与幻灭是季节的病灶
淡泊的圆寂与轮回便是再生
走出寂寞的空虚叫今生
走进土地的深处叫来世

冬天

冬天的序曲好长好长
终于等来了冬天的第一场大雪

大雪封门

刚好把一年的好日子

堵在年关的边边上

大娘把攒了快一年的幸福

全都端上了火膛边的餐桌上

香喷喷的民间烟火

在屋里打着旋儿

就是不肯出门

几只跑出锅的爪子

被犬吠声叼到院中

一顿年关的美味

被狗们儿争抢着先尝

四季（二）

春天

春天是不一样
花枝招展、彩蝶纷飞
雨水就像初嫁的新娘
三天两头就回到娘家

门前的桃树忍不住开花的心事
屋后的梨树也撑起梦的花蕾
老人手握烟斗想耕种
少年走在乡间小路唱朦胧的歌

大地像花毯展开
雨把所有的心事滋润
青年把故乡和爱情嫁接
写成新奇的诗篇

夏天

这个夏天是个很公平的季节
所有庄稼都旱死了
所有花草树木都打不起精神
所有人都显得无奈

这个夏天只生长哲理
穷人和富人都躲不开生死
爱情和花朵都不能相依
只有故乡和亲人　才使人产生怀想

秋天

秋天，又来到了我们的田野
两只蝴蝶随风而去
重叙着那个陈年的故事

蜜蜂像阳光下的机群

总是不停地出发

土豆和南瓜，玉米和高粱

都是成熟的样子

一齐讲述着风雨的经历

父亲散漫地想着心事

母亲总不会忘记田野的每个细节

等我忙完几个集市回来

田野又变得空旷下来

冬天

秋天来了又去了

就像回一次娘家

随着最后的那次秋风

落叶带来了冬天一脸的严肃

那场最后的秋雨

带走了一年阳光和风雨的记忆

世界只好宁静下来
人们只好在火炉边围坐
看电视或回味超女的歌声
还谈论些来年的事情……

一朵小花

墓地的坟堆上
有一朵小花
让我想起坟中的　那个人
那个人在我的记忆里
也与小花一样灿烂
记忆里的那个人是一朵小花
坟墓外的我却只能是木头
我想木头也有腐朽的时候
腐朽的木头也能长出小花
成为他或她的一丝记忆

故乡

远离了故乡
故乡便是我梦里呼喊的地方
记忆中的人和事
便与我在梦境里相会

……爷爷死去多年了
但他依然走进我的睡梦里
他老得走不动路了
我要送他一根拐杖
他却说　要拐杖干什么
我堂堂正正走了一辈子
老了也不靠它走路
说完他就背向着我
慢慢地向山上走去

关于故乡的记忆
童年时代的人和事最深刻
绕着小镇走的小河边

有一座永远歌唱的水磨坊

咿咿呀呀的水车是不倦的歌者

重复着故乡稚嫩的童谣

和我一块放纸船的女孩

不知今日在何方

那远去的船儿也一直未曾归航

只有铺陈在心间的乡路

像一根细长的鞭子

在我受伤和醉醒的时候

狠狠地抽打我

故乡啊，而我只能含着泪水

在心里喊疼……

生命

当生命像蜻蜓一样飞翔的时候
所有的花朵，所有的小荷
都属于蜻蜓
它可以在自己喜欢的
任何一片水域的任何一个枝头上
栖息和起落……

时间对生命的剥夺是蛮横的
生命中的许多东西
说没有就没有了
如同蒸发
甚至闻不出一丝丝淡淡的气味

生命中有一种记忆
你会突然想起一些人
或是一些事情的某个细节
一些掩藏在岁月深处的人
一些被尘土遮盖住了的事情
就像夜行时突然见到灯光……

如果可能

如果可能

就让我坐在夏天的树叶上

摇风汲露　听蝉鸣如歌

可能的话　也看看禾苗和杂草

是怎样学会　在岁月里

斗争中求生存

生存中求发展

橘树的经历

采摘了一枚橘子
又采摘了第二枚橘子
在采摘第三枚橘子时
橘枝折断了
三枚橘子便从手中滑落
我为橘枝而惋惜
一种奉献的经历
带着岁月的风声
从开花的季节里萧萧传来
怀揣采摘欲望的人们
在最快乐的时候懂得珍惜吧

出门在外

出门在外浪迹天涯

心如窗内孤独的影子

几只蝉

轮流在窗外倾诉

仔细听时

都不是故乡的语调

童年的那只蝉儿

不知伏贴在哪个树丫上

那只相思的知了

是否还在独守　那

一轮深秋的冷月

哲学

山顶的风光总是心底的向往
登上这山那山又风光无限
山顶的大树常没有山脚的大树高大
因为位置和距离才造成印象的偏差

思念

所有的思念像野花一样燃烧过
所有的欲望像鸟声一样划过空谷
思念就像小草一样绿了黄黄了绿
思念最后是一枚野果被松鼠叼进了小窝

朽木

在岁月的风雨里它挂满一身青果倒下了
遗叹都来不及说出来便成为朽木
但是它的思想和感情是不死的魂灵
丛生的蘑菇又撑开生命的活力

月亮

在唐诗宋词里照耀过许多夜归的骚人
现在却是我用青春买来的一枚邮票
无眠的夜晚我把思念寄给守候在黎明的你
可有回信让我在明晚洞箫长鸣

太阳

每天都是新的　让我读出日子的变化
阴晴雨雪绿肥红瘦　我们总是相伴
岁月的激情已被燃烧成薄暮的晚霞
阳光下飞翔的理想已成顽猴的红脸

蝴蝶

茅舍门前徘徊的那一只蝴蝶
在一个季节里燃烧在我的视野
是从《化蝶》中来还是离群独守这份清贫
你才是这世间最懂什么是爱情的精灵

合拢宴

合拢宴是侗家人的一种创意——
四方桌一路排开
长条凳一路对接
酒坛子抱出来
百鸡宴摆出来
客人来了　喝……
结婚嫁娶　喝……
迎生喜庆　喝……
节日寿诞　喝……

这才是快意人生
这才叫酣畅淋漓
这才叫生活艺术化
平平凡凡的日子
也一定要铺陈为天地的大喜……

凤凰

那是十几年前的事了
我探亲回张家界上班
在怀化到北京西的火车上
与我同座的是位女大学生
她美丽清纯的模样很可爱
说话清纯迷人
她说周末想去凤凰看看
那里有个沈从文
那里有条迷人的沱江……

到吉首　她与我告别
我说我也想去看看沈从文
他是最后一位浪漫派诗人
用故乡的泥土塑造了美丽善良的翠翠
翠翠与天保、傩送的故事
在灵动自然的山水间演绎
那是人世间最真诚纯粹的感情
是红尘之外的另一种表达……

看了凤凰　看了沈从文
听涛山下的沱江边
我与不知名的女大学生告别
在深埋诗人灵魂的墓前
我们请人照了一张快照
我在照片的背面题字——
红尘之外
我与"翠翠"合影

死火山要是复活了多好

火山口是葱郁的
山腰是葱郁的
山脚也是葱郁的
看不出火山口的半点影子

村间的路淹没在绿树中
村口牌楼淹没在绿树中
村里人家也淹没在绿树中
满眼都是葱郁的世界
睁开眼便是逼人的绿色

只有当我们走近火山脚　火山腰　火山口
当我们走在村路上　走进牌楼　走进村里人家
我们眼底里才是蜂窝状烧焦的岩头
山口是岩头　山腰是岩头　山脚也是岩头
村路是岩头　牌楼是岩头　村居也是岩头
真是一个岩头的世界
绿色都是岩头缝里流出来的色彩……

我们看了美社村　荣堂村
也看了火山群世界地质公园
就在要离开这个岩头世界的时候
我心底里涌起了一个念头——
死火山要是复活了多好
我们这一群人都会在熔岩里炭化
每个人的荣辱　贵贱　高低　美丑乃至欲望
都将成为群雕似的琥珀
让后人品出美感来　也读出哲理
可惜的是爱我的那个人她在家里
我不想让她一人在世上苦着……

十里画廊

十里画廊
是自然的艺术
是艺术的自然
走进画廊的深处
都被自然的艺术惊怔了
如一尊尊千姿百态的石峰
矗立成画廊里新的风景
然而　我不愿复制自然
我希望有思想的艺术家
把我塑造成一尊雕像
就像一尊考问灵魂的神
让世上游人瞻仰时
都能坦然走过　扪心自问
——我没有愧对世人和这片土地……

杨家界

走进杨家界

仿佛走进历史的时间隧道

这里的一山一石

都与宋代的一个家族紧密相连

山石是没有生命的

但它与历史的人物相关

便赋予了生命的细节

便有了正义抑或邪恶的故事

宋代的杨家家族

因抵抗了外来侵略

便有了历史相传的价值

一个地方甚至于山石

便有了纪念和传说的意义

山石便有了内涵和精神

澧水源头

山旮旯的水最甜
岩壁上的景最美
澧水源头的山与水
是世界上最让人陶醉的梦境

三千零一峰是铜像
矗立的是后人对伟人的想念
棱棱角角的是山的形象
也是澧水人精神的境界

叮叮咚咚的源头水　伴随着
《马桑树》缠绵的歌声
唱柔了溪水，唱矮了山冈
心碎了，歌声依旧潺潺动人

澧水源头的山与水
是刚性的形象
是柔水的灵魂
是动人心魄的地域风情……

芭茅溪

芭茅溪很小
曾经只是骡子客歇脚的驿站
它就像澧水这条青藤尖尖上的花苞
在岁月的轮回中放射希望的光华

芭茅溪让人难忘
难忘的是两把菜刀的故事
在历史的岁月里放射光芒　让
芸芸众心（生）燃起不灭的火焰

澧水如弦
拨动我生命深处的回音
故事虽已苍老　但精神和
思想却如种子一样萌芽

七眼泉

在澧水源头的五道水
有一处七眼泉在汩汩流淌
据说是七颗少女的心在歌唱
而岸边的马桑树为其伴奏

七眼泉向谒者低吟凄美的心声
让我想起岸边红军婆婆凄苦的一生：
当了一夜的红军婆
唱了一世的《马桑树》……

在她孤寡一生人到终年时
唯一的遗言就是：树生说
屋后的马桑树不死他就不死
我愿死在他怀里　把我葬在树底下

七眼泉是七个少女的心在歌唱
更是一种人生坚守的绝唱
澧水源头有多少红军婆婆
她们都有着相似的传说……

五道水的月亮

五道水是澧水源头的一个小镇
小镇很小　小得就像
五道水交汇处的一个装饰物
就像村姑鹅眉刀豆一样的梳妆匣

五道水的鱼远近闻名
张家界市内都有五道水鱼馆
五道水的鱼很肥很嫩很鲜
五道水的鱼很脆很香很甜美

让人难忘的是五道水的人
男人一律不很高但很侠义
女人也不是很美但都很柔情
就像澧水源头的山和水

我在五道水住了一晚
那是因为友人的相邀
我住在拱桥边的一棵大树旁

大树上有个巨大的鸟巢

凉爽的空气让我精神兴奋
如诉的溪水向我娓娓道来
半夜难眠　我凭窗而望
啊！鸟巢里躺着个好大的月亮……

澧水流经的桑植

岁月如风　逝者如水
历史的长河中大浪淘沙
澧水流经的桑植
能给我们留下些什么

洪家关风雨桥的风铃在日暮时摇响
芙蓉桥恐龙化石在风一样的叹息中反刍
在桑植民歌对唱的旋律中
民风如画　兰花飘香

这块红色的土地上　还有
九天洞的钟乳石　天平山的鸽子花
以及《门口挂盏灯》的缭绕余韵
都演绎着自然与历史变化的诗篇

在民族大融合的洪流中　我从
三道茶悠长的意蕴里
仗鼓舞欢快的节奏里　听到了

血流的回响　心灵的倾诉……

一方水土永恒的记忆
就是大地上的无字碑
山林间呼啸的风
时空中五彩的霞……

寻找乌鸦河

澧水源头有条乌鸦河
却不知乌鸦河在什么地方
怀着诗意的渴望　翻山越岭
我们去寻找一个叫乌鸦河的地方

暖阳下　我们行走在乌鸦乡的街上
乡亲们用诧异的目光打量我们的行装
我们打听去乌鸦河该怎么走
大家都指向山梁下的远方

当我们行走在干涸的河床上
心如炙烤期望水波荡漾
四周山岗上没有乌鸦的飞翔
也没有乌鸦诅咒般的歌唱

癞痢山头又有了绿色的模样
干涸的河床仿佛有了清清水波
人类若是没有向自然贪婪的榨取
羽翎就会重回故乡的天空……

夜宿乌鸦乡

没有选择

我们夜宿乌鸦乡

三个诗人睡在一房的三张床上

两个伟大的诗人鼾声充满激情

一个如吟诗歌唱

一个如春雷鸣响

有一个诗人充满无奈也收获幸运

他辗转反侧　亦忧亦喜

忧的是长夜难眠

喜的是清清乌鸦河

淌过了他恍惚的梦境

乌鸦诅咒般的歌唱

点燃了他渴望的诗情

一只鸟儿在心上

在梦幻的天空飞翔……

有个地方叫鱼洞

在澧水的源头

八大公山的山那边

有条干涸的乌鸦河

而在山的这边

却有个令人惊奇的鱼洞

鱼洞之水是汪涌而出的

便成了澧水源头之一点

鱼洞之鱼千姿百态

我怀疑是姜太公放生之鱼

你看它们欢欣的模样

年复一年，它们相聚在一起

讲述着各自的洞天传奇……

澧水河的母亲

八大公山是慈祥的
绿色无边的森林是她宽阔的胸怀
她是孕育澧水河的母亲
无数条小溪是她的无数个梦想
都踩着时间的节拍汇成澧水
为共同的思念寻方向……

马桑树……

澧水源头
人人都会唱桑植民歌
人人都会唱《马桑树》
宋祖英把《马桑树》都
唱到了金色的维也纳
我看见蓝眼睛黄头发的男女
为之鼓掌为之动情……

马桑树是什么样的树
在澧水的源头我认识了它
它是一种不高的灌木树
但却是这地方人们的图腾树
它是爱情树英雄树坚贞的树
它的内涵也与红军有关
这里的红军都有马桑树一样的传说

澧水河边的月亮湾

澧水河是条灵性的河
她沿途从不停顿远行的脚步
也没有被美丽的风景迷住
弯来拐去自己倒成了风景……

在进入张家界城边的时候
她就那么随意地一弯一拐
就造就了澧水河边的月亮湾
月亮湾就成了我的家
我是循着兰花的幽香找来的
不经意间便发现了老庄的那只蝴蝶
它积蓄了几千年的能量诱惑我
把我困在夜的中央
蝴蝶总是让我多梦
梦里梦外全是故乡……

山月

昨夜山里不宜守月
诗人却进入意境与山月对饮
当辽阔的星空退出诗的夜宵
他捕捉到了一钩下弦月
月的肌肤有着语言的体温
字字书写着山里玫瑰的祝福……

小屋

诗人的感觉总是有诗意的别致
他总说那小屋特美特有太阳的意境
一棵苍松从地缝里窜出撑起屋顶的绿意
似乎从古代走来想制造王维的绝句

稻香

深入褶皱的高山密林
这里有最炽烈浓郁的农耕情怀
古老的山河蓄满深情的狼毫线条
那就是阶梯似温柔的稻香……

银河

山里黑下来星星便布满夜空
这是我们大家一致的感觉
主人说银河也是常有的
我只能在心底里暗问一声
你可见到银河边有个守候的人

本色

春天的山色是多彩的
夏天的山色是烂漫的
冬天的山色是素静的
只有初秋的山色是绿满天涯
这才是山的本色
我爱初秋的山色……

梦蝶

山村的庄周梦境

你是那只离群的蝶

轻盈地穿过荷塘向我走来

我来不及蜕变成蝶

颤抖的手下不曾碰触你的孤傲

你便飘然地走了

只留下我独自在心底里感叹……

山花

在山里花一样的季节里
山花就那么漫山地开
它没想要打扮谁
当小伙子从山里归来
他的梦境尽是山花的色彩

枞菌

枞菌是奶奶传说的故事里
大雁夜行时留下的足迹
昨夜星空有大雁掠飞的影子
我梦中便想着秋苔下的枞菌盛开
大雁夜飞是旋舞着前行的
枞菌小伞样撑开着
伞面上都有旋转的影子

木耳

山林中穿行森林都灵动着
树枝与树枝间抚摸着爱意
无论站着或躺着
它们的灵魂是不死
躺着的树木并没有停止心跳
你看它们纷纷长出木耳
正静静倾听着森林的歌声……

小溪·河流·大海

一

当我还十分稚嫩幼小的时候
大家都叫我小溪
我是一条欢快的小溪
无忧无虑　诞生于大地　奔腾于大地
我在心底里告诫自己
不要做永远的小溪
远方有诗　有丘陵和平原
遥远的远方还有大海
是啊　我记住了你的名字叫大海
大海才是我永恒的归宿
我从此兼收并蓄　立志长大　奔归大海
那时　我还不懂
"面朝大海　春暖花开"的真正含意
我却积蓄并立下了
不畏悬崖断壁　不恋风花雪月　气如走马的勇气与豪情
走过山涧　跨越悬崖　穿过平原
我终于长大成河流

二

滔滔不息　丰满而变得厚实
是河流的本质与品性
点点帆影与闪闪渔火是远去的风景
边城"翠翠"的清纯与丰姿也是早已逝去的风情
如今河流流经的是大坝与最具人间烟火的都市繁华
长大成河流的我啊
就像一个十八九岁的姑娘
告别清纯却步入浑浊的时光
初谙世事与人情却陷于心思纷繁的扰乱
宁静中我想起了大海
我真正懂得了宁静致远的道理
从此　我许下一个心愿——
我爱宽广无边的大海
啊　是的　走过无数的山水
只有大海才更厚实更壮阔更深邃
河流顾不得自己的清纯与浑浊
怀抱一份爱的真谛　锲而不舍
奔腾不息地向往着大海

三

河流在即将入海的那一刻
见滔滔大海　宽广而厚实　壮阔而深邃
来不及感慨：人若宽容如大海
人世间种种污浊与不堪
哪还有其展露丑态的场所呢
接着便一头赴入大海的怀抱
顷间　浑浊的河流便与大海融为一体
浑浊不见了　也不见了垃圾的踪影
河流与大海的融合　逾到深处
便逾见其融为一体　碧蓝澄透
滔滔无垠的大海上　不见了河流
在海涛的喧哗中却见河流的影子
在大海的高歌声中　你只要细听
它在歌唱"爱的永恒"……

红树林

在文昌　在八门湾湿地公园
我终于第一次见到了红树林
远远地看上去很美　像一片绿色的浮云
走近了看它们生长得实在艰难
每株之间分不出彼此　相互间紧紧相连
绿色的树枝就像向苍天求救的手
紧紧拥抱着阳光　也抵御着风雨的摧残
它不像大山里的成材林
有属于自己的土地和阳光　而是
弯曲在岁月的空间里纵横着生长
红树的每一段成材的木材
需要别的木材成材的几倍时间
需要别的木材没有过的岁月与风雨的记忆
故而材质的硬度原是生命砥砺命运的硬度

我看到了红树林也读懂了红树林
红树林最具哲理大师的资质
它最懂岁月的艰辛和生存的不容易

在岁月波涛汹涌的沙滩上
为寻找到站稳脚跟的土壤
它把无数的根须伸入水底的浮沙
甚至把本该向上生长的枝丫当成植入泥沙的根
在污水里　在浮沙里　在风雨波涛里
默默地演绎岁月与生命的哲理
用浮云般的绿云向世人展示生命的硬度

远村的山岭

在遥远的大山折皱里
藏着我们心系的远村
远村很远
但依然是我们的故土啊

贫穷就像蝗灾
把远村啃食得一片荒凉
荒凉的远村也是故乡啊
高高的山岭
是我们要去攻克的高地
远村很远
远村很穷
远村的山岭
是我们与贫穷争夺的高地

誓言像生命的根系

挺立着举起右手
我们就像一排树
站立成这块穷壤的风景线
誓言回荡在山野
就像生命的根系
——钻进了坚硬的石缝

新绿会有的
花朵会有的
果实也会有的
我们努力着
仿佛看见　远村
就是明天高山上的花园

上学的孩子

远村的孩子
上学没有新书包
破烂的衣服飘扬着
像旗帜飘扬在弯弯的山道上
标志出自己的信念和理想

远村的孩子
上学没有口香糖和面包
几个兄弟般的番薯
帮他撑过一天的温饱……

远村的孩子
上学没有新书包
双手拿着翻飞的书本
像小山鹰
在山梁上飞翔

大树是远村的标志

大树是远村的标志
为远村遮挡着风雨
为远村支撑着荫凉
大树很老
是一部久远的日志
记载着远村的沧桑
书写着乡亲的勤劳

大树是远村的标志
大树很老
雷劈不垮
风吹不倒
岁月里唱着不屈的歌……

远村的石头

远村并不缺少灵性
石头也在草丛里露出一张丑脸
年年的春天，它
忧伤的心头
却也曾开过一次花

枯藤上的种子

入秋了　山村很静
狗吠是远村的门铃

年年的秋天
成熟的种子吊在枯藤上
它对蜂儿虔诚地说
春天里你只轻轻一点
却让我从此相思百年……

老屋

老屋没有我儿时的气息
也没有父母唤我的乳名
但老屋一样有我的梦境
还有门前树上的鸟巢
一样有雏鸟春天的叫声……

早晨　喜鹊叫来了山谷的曙色
我一下想起家乡的老屋
身边没有儿女陪伴的老母亲
柴门又站立着您倚望的身影
也许您失望了　又在屋后梳理菜地
半分菜畦被您捂得好热
千里之外的我感受到那种熟悉的体温
冬瓜丝瓜南瓜　还有茄子苦瓜
在那种体温下瓜熟蒂落
就像我们姊妹成长的轨迹

……这样的比喻和联想
让我突然间和诗歌一起流泪
母亲呵　家乡的老屋还好么
远方的儿子在想它

干妈家

在干妈家住了一晚
（这是山谷婉儿给别墅取的名字
是她干妈原住的老屋）
干妈不是我的干妈
那是山谷婉儿认养的干妈
叫她干妈也没什么要紧
只是一种对岁月的亲近和尊重
人生要善于寻找亲情和温暖
老人手上脸上铺陈着岁月
瞳仁的余光全是薪火的温暖……

看到老人我便想起家乡认养的干妈
也一样的慈祥和坚毅
干妈的膝盖曾是我的拐杖
有了它我才学会站立和行走
干妈的肩膀曾是我的拐杖
依靠它我才学会经历和责任
干妈的期盼曾是我的拐杖

读懂它我才知道砥砺和担当
干妈的笑脸曾是我的拐杖
领悟它我才明白无畏和自强
干妈的驼背曾是我的拐杖
分享它方知世事的艰难和辛劳
我的干妈早已走了
但她把勇气和智慧这拐杖交给我
让我闯荡天涯和江湖

第二天临走前　我在干妈家
与老板告别辞行
干妈也微笑着朝我挥手
她轻轻挥手的姿势
足以挥洒去人世的风尘　和
我们写满乡愁的记忆……

赠自己

桃花潭的山水是带不走的
它的诗意是可以装在心里的
站在桃花潭的峭崖上
我才发现自己是一个双面人
此刻　追随着李白的影子
大地寒气逼人　心中却阳光充盈
里面是住着一个春天吧　温暖细腻
还有一个追寻诗意的灵魂
这时候你总是兴奋　笑又回到脸上
腿走不得路　可是你走来了
寒风中仿佛有花开　风也学会变暖了
站在怀仙亭上你看到李白没有发现的诗意……
现实中生活难免有绊倒你的时候
你这个人啊就是不肯服输
敢趁生活不注意时
奋起反抗
挨过现实的铁锤　外表依然强硬
只有内心是柔软的

你与世界交手一次又一次

却没见你潦倒过

生活中总兴致盎然　诗意无限……

赠汪伦

你是一位义士　也是一位善说谎的人
给李白的信中说的都是谎言
你早就设计好了该怎样应付
桃花十里，潭名也
万家酒楼，酒家姓也
那个风花雪月、思酒忘归的李白
在你设计的圈套里走不出来
还一个劲夸你为义士也　豪士也
在数月的阳光风雨里
你就破费了几十坛米酒
用数月的光景相陪
最后组织村民踏歌相送
就把诗仙给感动了
李白走了　他把诗意留给了桃花潭
你也走了　却走进了汪伦墓地
但你的名字却鲜亮着
留给了青史　凝结成桃花潭永远的诗意……

赠李白

没有故乡便没有诗人
你就是一个没有故乡的诗仙
从白帝城到桃花潭
偶尔有低头思故乡的时候
斗酒诗百篇只适合你
杜甫却饿着肚子在茅屋呐喊
愿天下寒士俱欢颜
在桃花潭岸畔　一群人吟唱着《赠汪伦》
我从字里行间发现　写诗的人都是善人
你李白也是个善人　绝不是恶人
是恶人　你哪会被那个只会穿鞋脱鞋的
叫高力士的人所排挤
你干脆离开长安　对酒当歌
风花雪月向苍天
用你伟岸的身躯铸造诗意的经典
芬芳唐诗　留赠知音　依恋山水
让一个民族的青史有了"诗仙"的雅号……

赠诗友

友人吴少东诗约山水桃花潭
事关传承与对话
你不是李白　我也不是杜甫
山水的桃花潭已不是当年的风貌
酒比当年醉人　肉比当年昂贵
风花雪月早已不是当年的颜色
谈诗不在意写诗
对话只事关传承
传承古体、现当代诗歌传统
如何为山水的桃花潭添彩……

赠韦国平、 刘永琴夫妇

你们不是诗人也不是万巨、汪伦
只是艺术家　是诗人的知音
是桃花潭这片山水的主人
是不是万巨、汪伦的后人已不重要
经营这片山水才是最主要的原因

桃花潭是诗和情义的故土
李白之后有多少人写桃花潭
传给这块土地和后人的有多少
写不写诗不重要
重要的是做好桃花潭的诗文化
诗文化是这块土地的金字招牌
情义才是这块土地的黄金……

赠吴少东

第一次见到你

就被你的潇洒风流所折服

难怪你的东北之行

有人跟踪你几条街

其中有女孩　也有小偷

因为你气宇不凡、风度翩翩

你有诗坛让人仰慕的才气和地位

那些孤傲不驯的诗坛才子

你只一声召唤

他们便聚拢在山水的桃花潭

为你的命题讨论与争执

但诗会的目的却不在此

在于桃花潭有李白的《赠汪伦》

在于桃花潭有李白与万巨、汪伦的交情

在于诗文化底下有黄金……

赠张爱玲

在桃花潭雾霭的朦胧中
我看见一位身穿紫衣的姑娘
她让我想起昨晚书中见到的张爱玲
就像一朵深紫色的花
无风自落
没有再化成蝴蝶
飞入喧哗的风中翱翔
也没有化作春泥
重回热闹的枝头含苞
更没有散成花瓣
随那不相干的流水飘零

一朵深紫色的花
以不完整的姿态完整飘落
落入淡紫色的册页中
化成一幅简笔水墨
依旧素丽无比
不断吐露芬芳

曲沃车马坑

在博物馆里走过了历史的深邃
我看见了战国的许多秘史
留在记忆深处的只有晋国的车马坑

车坑和马坑埋葬的是战火与搏杀的记忆
车应在战场的搏杀中跑散架
马应在疆场的战火中流尽最后一滴血
可为什么却让它们躺在一起
共守了数千年暗无天日的历史……
想象中车轮的印痕像野花开遍山坡
马血膻的气息弥漫在灰烬飞扬的大地

在曲沃车马坑
我终于读懂了什么叫历史

壶口瀑布

大地上有了黄河
是不是就有了壶口瀑布
我想应该在古晋国之前就有了
黄河道中间的小岛上站立着大禹的传说

壶口瀑布不是一处景点
是写在民族心间的一个记忆
黄河是一条咆哮的河
是一队腾空嘶吼的战马
以千百种姿态咆哮
以千百种怒腾嘶吼
咆哮嘶吼着
呼唤一个民族的魂灵

站在山西这边看壶口
我看到了不完整的壮观
站在陕西这边看壶口
我依然看到了残缺的壮观

灵魂总应该是完整的

离开壶口时有人问我 "有啥建议"

我说：黄河只有一个壶口

不应该生出两个来……

广胜寺许愿

霍山之巅
霍山之麓
广胜寺称不上辉煌的建筑
有人说
天下寺大同小异
广胜寺不过如此
导游说　错
广胜寺不是虚得其名
传说唐僧曾有经书收藏于此
更有《赵城金藏》闻名于世……

随大家来到大雄宝殿
我有意落在最后
一路走来我应为她做点什么
在菩萨前我许了一个心愿
愿您修炼成一部经书
我愿随身将您收藏
相随行走天下……

丁　村

在丁村
我重新认识了三颗牙
它是黄种人特征的牙
就是这三颗牙
喂养了一个民族的成长

丁村的民宅建筑
它是中国的古体诗词吧
总是短小精悍　朗朗上口
只有汾河两岸的高楼
才是新诗飞扬的现代诗意

老槐树下

重温老槐树下历史的记忆
书法家赵辉廷高兴了
词作家杨次洪歌唱了
他们都找到了古老的故土

我一时不能确定
老祖宗是否也曾在老槐树下驻足
当我认识了丁村的三颗牙后
便明白　老槐树下
应是我灵魂的故乡

阿克苏的太阳

阿克苏的太阳

它是从草尖上升起来

却在白水的霞彩里降落

我喜欢这里的太阳

太阳出来便有了暖意

也有了绿色和丰收　还有我的歌声

太阳爱我　也爱所有的人

我在太阳的注视下

走向每一处藏着诗意的地方

我喜欢在路上

看太阳的升起

也看某一个人在阳光下走向远方

阿克苏的薄皮馕

阿克苏是个富有美味的边城

有瓜果之乡的称号　也有难忘的酸奶子

在吃了阿克苏的薄皮馕之后

便有了将家搬迁来此的意愿

我愿意站在小城楼上看月亮数星星

也愿意躺在草地上看牛羊亲近大地的样子

愿意在大地读植物生存的哲理

也愿意在小城楼想象一个远方的姑娘

薄皮馕的味道真是奇妙

有盐的味道　有乡土的味道

更有找到力量的味道

远眺柯柯牙防护林

在阿克苏　迷人的景色
不只是塞外江南的水　水湖　山色
它的龟兹文化　多浪文化的内涵更让人迷恋
还有它的防护林　像绿色的诗行
放射出光芒　穿透你的心房
在这个胡杨墓场的荒凉边塞
柯柯牙防护林像母亲守护梦的臂膀
挽住了阿克苏绿色的梦想　秋收的牧歌
有一种神秘使我无法驾驭迷恋的心神
远眺柯柯牙防护林就像读诗一样
风吹着傍晚的彩霞也吹着我
心灵在幻想的边城游牧……

穿紫河

常德穿紫河原是一条臭水沟
如今是条梦绕魂牵的河
画桥烟柳　楚风湘韵
桨声灯影里驱散了乡愁

常德穿紫河是条穿城的河
河街商埠　小镇高楼
我行走在现代与记忆的诗意里
品丝弦韵味　赏万家灯火与牌匾

常德是座桃花源里的城市
沅澧水润　鱼米洞庭
夜舟如游人的梦坊
总走不出湘西大码头……

河　街

大河街　小河街　还有麻阳街
都是忙碌的码头
也有风情万种的记忆
当年两个年轻的漂泊者
在此演绎了人间真爱
开花结果的人叫黄永玉
成就了中国画坛的"怪才"与"鬼才"
还有一个"寻找"的故事
漂泊多年的常德伢仔
回乡寻找叫紫菱的姑娘
他从河街这头找到那头
紫菱的身影依稀就在不远的桥头
品尝了家乡米粉的滋味
也找回了童年的味道和记忆……

七里桥

"城加三尺
桥修七里
街修半边"
故此，桥名"七里桥"

七里桥　在一片祥和的桨声灯影里
经历了鼓角争鸣刀光剑影的昨天
也展示着秀丽的时代风姿
独具湘西北神韵

只有十三亭　矗立起一个七十年前
在屠刀下关于生与死的记忆……①

①　抗日战争时期，十三亭是当地民众躲避日机轰炸的重要场所。

戏　廊

喜怒哀乐　悲欢离合
一幕接着一幕
演绎了过去式的炎凉

水袖忽长忽短
岁月有圆有缺
记忆着季节风雨的演绎

芭拉胡

神秘的芭拉胡不是湖
它是条穿黔江城而过的大峡谷
是黔江人休息的好去处
也是黔江人引以为傲的神秘谷

我带着好奇走完了芭拉胡
在回音场我对着岩壁上的观音
大声呼唤"可怜我吧"
悠久的回音只有我能听到
旁人都成了现场的外人
听不到一点点悠久的回音
我赶紧朝观音鞠躬许愿
慈悲的观音啊　我是可怜的孤独之人
我不愿做人间的局外人
愿所有人都听到我呼唤的回音……

濯水古镇

黔江城的山与水
美在古镇濯水
武陵最古朴的宅子
全在阿蓬江边尽展美丽
阿蓬江把武陵山里的传奇带来了
在江边茶楼生动地演绎
我这尘世的远程旅客
茶楼里洗涤了肠胃心灵
脑子里铭记的
都是些尘埃落定的红尘故事……

蒲花河

蒲花河是条暗河
也是条开天眼的河
人们宁愿忍受跋山之苦
也要来感受一下它的风景
大家都叫我别去了
我还是克服腿痛的问题去了
船行十来分钟
大家往上看
岩顶张开了两个窟窿
就像人的一对眼睛
大家感受到就眼睛那么大的天空
我在心里嘀咕犯疑
原来天眼竟这么小……

青山界

以一腔崇敬英雄的热情
我千里奔驰到雪峰山的青山界
只为缅怀七十年前的英雄

青山界山坳上已少有烟火
活着的商家、乡民都迁走了
留下了不死的魂灵和不朽的生命
青山界上的青冈木
就像一群七十年前的战士
面色枯黄青瘦　目光如鹰
在山冈上列队呼喊
夜间成了他们的白昼
烧焦的煳味里仿佛有战旗在飘
他们像青冈木一样挺立着　风吹来
耳语般叙说着他们的安详

青山界上的青冈木
那是雪峰山上的神树

七十年前的"最后一战"
留下了不死的魂灵和不朽的生命
青冈木已是英雄的化身
我愿把心底的唱诗
献给青冈木……

三江行

一次幸福的旅行
是一生由来已久的奢望
然而可望不可求
人生能有这么一次满意的行程

游过浔江、榕江、苗江
再漫步程阳八寨
山水风情与人文奇迹
轮流让我一次次沉醉

不知这是不是我人生最幸福的旅程
但至少是我有生以来最愉快的远行
是我可以向亲朋好友炫耀的
一次幸福的旅行

三江鼓楼

在三江侗族鼓楼下
我理解一个民族的坚韧
鼓楼的筑建充满智慧和坚硬的信仰
从低层到顶层筑就一个民族的灵魂
鼓楼的屹立就是一个民族理想的高度
也是一个民族欢呼与瞭望的标尺
风与阳光沐浴了木楼的风骨
也抚摸了一个民族有过的创伤
当时间成为历史
鼓楼就是一种象征
激情如流云也如钢铁
月光与泪水只是一种柔软的情怀
坚硬的鼓楼是一个灵魂、信仰、风骨
也在大地上书写了象征和精神……

三江风雨桥

我经历了无数风雨后
终于见到了世上最壮观的风雨桥
那就是三江风雨桥
我视它为人生情感的廊桥

那是一个民族的精神渴望
是一个民族经历情感的凝聚
在一个人旅行的漫步中我感慨了
亲爱的　我在风雨桥等你

风雨桥没有风雨
只有一个人的渴望和等待
只有一个民族的呵护和关爱
它就是我们理想的情爱廊桥……

五号山谷

人生应有幸福　至爱和心中的天涯
为什么你叫五号山谷
你应是我的幸福　至爱和天涯
及人生与风景的境界……

整个绿色的山谷就像我相思的天涯
时间和记忆模糊了岁月的双眼
我愿背着爱情的行囊
走过山水的相思渡口
穿过街市熙熙攘攘的人群
去红尘之外寻找久别的身影

不去幻想相见的场景
也不去考虑世俗的牵绊
不去想那天长地久的故事
也不去思考恩恩爱爱的海誓山盟
因为牵挂和相思　爱与幸福
我们经过山水的考验　相约五号山谷

爱与幸福止于此　天涯止于此
风景止于此　心也止于此
春是春　夏是夏　岁月止于此
秋是秋　冬是冬　人生止于此……

行走于岁月的老牛

苍山老了
岁月老了
老牛依然行走于岁月
是苍山和岁月的见证

老牛挂着风铃
站在青山坳上叫
乡亲们听着是恋歌
孩子们听着是童话
我听着是深刻的寓言
让我在苍山和岁月间理会

漫山的小草

远村唯一不缺的
是长满村头和山崖的小草
漫山遍野
它们一年年疯长
心在着急
一个个春秋过去了
好想开一次花
结一次果……

爬满山崖的小路

远村没有大路
小路爬满山崖
甲壳虫、蚂蚁常聚会
在大地留下生存的哲理

小路弯弯的长长的
是一条四季的青藤
路边的村寨
都是它蒂落成熟的瓜……

秋树的落叶

远村秋树的落叶

似乎有点依恋树枝

枯黄也要烂漫些日子

但一觉醒来

心态便和所有的落叶一样

为果树奉献了一生

在生命终结时

才为自己作一次飞翔……

阳光下的小溪

远村的小溪
没有流动的水
只有流动的阳光
几尾小鱼
围着石头
叙说奇遇……

记忆里的山塘

远村的山塘

是蓝天下的一方清池

那是孩子们梦中的乐园

一个猛子扎下去

便捉到了昨夜的

那条小鱼……

荷塘

荷塘不见荷花
也不知是否有荷的种子
好在不是赏荷的季节
荷塘盛开的样子便在想象的天空里

山谷里本是小草和森林的家园
但主人巧于制造意境
就像生活中要善于捕捉诗意
便有了这荷塘的设置和铺陈
一片庄严肃穆的绿色意境里
便多了一份蜻蜓荷色的诗意
姑娘说没有荷花的日子荷花便在心里
就像情意在心里就总有一份想念

在荷塘边睡了一晚
昨夜的梦境里便有你我相遇
便有蛙声与蜻蜓的相遇
便有诗与画的对语……

月亮田

来山谷时不是赏月的天
月亮田也看不见月亮悬在头顶
我一低头便见月亮在岁月的天空闪亮
众人都在灯光的照耀下交谈
唯独我一人伫立在月光里
月亮细看我　从头到脚
它没有告诉我立春已过
但春风拂过有春天的芳香
我也认定我已进入春天
看见的月亮原不是月亮田的月亮
我仍然把它认作今晚的月光
人生有许多的阴差阳错　我告诫自己
夜游有月亮相伴行程自然光辉
没有月亮随行心中也要有光芒……

汨罗江

那是一条静好的江
因为一个人的缘故
蓝天白云的水面涌起诗意的浪花
虔诚的拜谒者
燃起香火
往江里投粽
在江边诵《离骚》
我在江边站立着
于烟雾弥漫处
见求索者的身影向天而去

因为一个人的缘故
端午我们还去划龙舟
在江湖里你追我赶
只因人生中有
太多的牵绊和孤困
每当这个人升天的日子
人们便以水中的追逐
放任诗意如流……

端午

儿时喜欢过年
也喜欢过节　如端午
节日里
一切都好比尝新

长大后方知
端午是纪念一个人
这个人真好
能留下一个节日
能创造一种粽子
让后人
有了思念的分享
和节日的欢快

什么是诗

什么是诗
即求索路上的思
孤困迷途的苦
是人生牵绊中的挣扎
市侩乞求的献媚
是旅途天命的所归
流放天涯的行吟

都是又都不是
汨罗江畔有了回音
诗即从善如流的流水
诗即放飞如云的灵魂……